Helena von Boruch
Marie Sophia Seraphim

Das Raumschiff

D1726208

Helena von Boruch
Marie Sophia Seraphim

Das Raumschiff

Märchen aus alter und neuer Zeit

Illustriert von
Johannes Krell

Sabine Krell Verlag

Bibliografische Information Der Deutschen Bibliothek
Die Deutsche Bibliothek verzeichnet diese Publikation in der Deutschen
Nationalbibliografie; detaillierte bibliografische Daten sind im Internet
über
http://dnb.ddb.de abrufbar

Bibliografic information published by Die Deutsche Bibliothek
Die Deutsche Bibliothek lists this publication in the Deutsche
Nationalbibliografie; detailled bibliografic data are available in the Internet
at
http://dnb.ddb.de.

1. Auflage 2003
Alle Rechte beim Sabine Krell Verlag,
Ditzingen, Oktober 2003.
Herstellung: Mein Buch oHG, Hamburg,
Freecall 0800-634 62 82, www.MeinBu.ch
ISBN 3-86516-022-0
Printed in Germany

Für Nuno

Inhalt

Illa und Billa

Es war einmal ein ururalter Baum. Der stand ganz allein auf einer Bergwiese. Er hatte schon viel erlebt, heiße Sommer und sehr kalte Winter. Seine Rinde war rau und mit Moos bewachsen. In seiner Krone waren Vogelnester, die im Frühling voller Leben waren. In seinen Wurzeln aber wohnten Wesen, die die Menschen Zwerge, Erdmännchen oder Gnome nennen.

Sie hatten viel zu tun, denn ihre Aufgabe war es, den alten Baum zu pflegen, damit er noch viele, viele hundert Jahre leben konnte.

Eines Tages, gerade als die Sonne aufgegangen war, kamen zwei kleine Mädchen auf die Wiese. Sie sahen den Baum und liefen durch das feuchte Gras direkt zu ihm hin.

Die Zwerge, die gerade damit beschäftigt waren, die Tautropfen einzusammeln, um in ihren Wohnungen unter den Baumwurzeln die Wasservorräte aufzufüllen, erschraken und - husch, husch - waren sie verschwunden.

Die Mädchen, die Illa und Billa hießen, hatten keine Eltern mehr. Sie waren ihrem bösen Onkel weggelaufen. Jetzt waren sie sehr müde. Sie legten sich unter den Baum und waren auch gleich eingeschlafen.

Nach einer Weile kamen leise, leise die Zwerge und bestaunten die schlafenden Mädchen. Billa träumte gerade, sie säßen an einem gedeckten Tisch, auf dem die köstlichsten Früchte, Brot, Butter, Honig und Milch in großen Gläsern zum Essen einluden. Doch so sehr sie sich auch bemühte, sie wurde nicht satt.

Die Zwerge, die die Träume und auch die Gedanken der Menschenkinder sehen können, hatten Mitleid mit den beiden. Sie trugen flugs einen Tisch herbei, dazu zwei Stühle, und dann brachten sie all die Dinge herbei, von denen Billa geträumt hatte. Dann setzten sie sich im Kreis um die Mädchen und summten leise wunderschöne Melodien. So lange, bis beide aufwachten.

Die Kinder bekamen ganz große Augen, als sie das Zwergenvolk sahen und wollten weglaufen. Aber der älteste Zwerg stand auf, verbeugte sich höflich, nahm seine Mütze ab und sprach: „Ihr müsst euch nicht fürchten. Wir wissen, wer ihr seid. Der Rabe, der in unserem Baum ganz oben sein Nest hat, kann nämlich in die Zukunft sehen. Er hat uns schon vor Tagen verkündet, dass zwei Menschenmädchen zu uns kämen. Wir sollten uns ihrer annehmen und ein Häuschen für sie bauen. Und das werden wir jetzt auch tun. Ihr setzt euch nun an den Tisch und stärkt euch."

Der Zwerg verbeugte sich, dann standen alle auf und gingen weg. Illa und Billa taten, wie ihnen der Zwerg gesagt hatte. Endlich konnten sie so viel essen und trinken, wie sie wollten. Das gute Essen machte müde und sie legten sich noch einmal zum Schlafen nieder.

Die Zwerge waren indessen fleißig. Sie schleppten Holz und Steine herbei, sägten und mauerten, klopften und malten und im Nu war das Häuschen fertig.

Es war sehr hübsch geworden. Es hatte vier Zimmer. Eine Küche, ein Bad mit einer riesigen Badewanne, denn die Zwerge wussten, dass die beiden gern planschten. Auch einen Keller gab es, in dem die Speisen aufbewahrt wurden. Der Keller war mit einem unterirdischen Gang mit der Zwergenstadt verbunden. So konnten sie immer frisches Essen herbeischaffen. Die Zimmer der Mädchen waren mit allem aufs Feinste eingerichtet. Der Boden blitzte vor Sauberkeit. Die Fenster waren aus durchsichtigen Bergkristallen und Blumen waren auf den Fensterbrettern.

Als Illa und Billa ausgeschlafen hatten, wurden sie feierlich in ihr neues Zuhause begleitet.

Der böse Onkel aber war auf der Suche nach Illa und Billa, weil er sie an einen Zauberer verkaufen wollte, der ihm sehr viele Edelsteine dafür versprochen hatte und einen Zauberstab, mit dem er sich alle Wünsche erfüllen könnte. Die Habgier des Onkels war so groß, dass er Tag und Nacht durchs Land streifte, um Illa und Billa zu finden. Der kluge Rabe aber warnte das Zwergenvolk und so erwarteten sie den bösen Mann.

Nicht lange danach kam er auf die Bergwiese und sah das wunderschöne Häuschen. Illa und Billa arbeiteten gerade in ihrem Gärtchen, als der böse Onkel herbeistürzte und sie beschimpfte: Sie hätten ihn bestohlen, mit dem Geld das Haus gebaut und deshalb gehöre es ihm.

Auf einmal stand der Zwergenkönig vor ihm und sprach: „Du nichtsnutziger Mensch hast schon so viel Unheil angerichtet. Zur Strafe für deine Untaten sollst du zu Stein werden und tausend Jahre warten, bis du erlöst wirst. Dann sollst du als Heimatloser durch die Welt wandern bis sich Gott deiner erbarmt."

Der Onkel konnte sich nicht mehr von der Stelle rühren. Der Rabe krächzte dreimal und der böse Mann fiel in sich zusammen. Er wurde zu einem Stein, der immer größer und größer wurde und den Berg hinunterrollte. Da liegt er jetzt zwischen Dornen und Gestrüpp und wartet auf seine Erlösung.

Das Zwergenvolk aber und Illa und Billa feierten diesen Tag auf der Bergwiese unter dem ururalten Baum.

Und wenn sie nicht gestorben sind, so feiern sie noch heute.

Das magische Schwert

Es war einmal ein König, dem die Frau gestorben und der so herrschsüchtig war, dass er mit allen benachbarten Ländern Krieg führen wollte und wenn er einmal ein Land besiegt hatte, dann gab er keine Ruhe, bis er gegen das nächste in den Krieg ziehen konnte.
Schließlich wurde er so tyrannisch, dass er nicht einmal mehr seinen eigenen Sohn, den Prinzen, im Hause duldete. Dieser nämlich hatte ein gutes Herz und war zu jedermann freundlich und hilfsbereit. Deshalb jagte ihn der König aus dem Schloss. Das war genau an dem Tag, als der Prinz 14 Jahre alt wurde.
Am gleichen Tag wollte der König bei dem Schmied neue Waffen abholen, die er für den Krieg gegen einen benachbarten König brauchte. Der Schmied hatte sich angestrengt und viele Wochen lang gearbeitet, bis die Waffen spät in der Nacht fertig waren.
Als der Schmied das letzte Stück aus der Hand legte, war er sehr müde und wollte gerade das Feuer löschen, als plötzlich ein kleines Männchen vor ihm stand.
„Heda!", rief es. „Lass das Feuer an! Ich habe einen Auftrag für dich!" Und es sagte dem Schmied, dass es ein Schwert brauche, das so hell sei, wie die strahlende Sonne, aber dennoch so sanft, dass es niemandem die Augen blendete. Außerdem sollte es so biegsam sein, dass es niemanden verletzen würde, aber auch so hart, dass es keinen Kratzer bekäme. Und zum Dritten sollte es so weise sein, dass es seinem Besitzer die

15

Hand immer auf dem rechten Weg führte. Dann legte das Männchen einen Beutel mit Goldstücken vor den Schmied und sagte: „Das soll dein Lohn sein, wenn du bis morgen früh fertig bist."

Der Schmied wusste nicht, wie er das anstellen sollte, was das Männchen von ihm verlangte und blickte gedankenverloren in sein Feuer. Auf einmal bewegten seine Beine und Hände sich wie von selbst, er trat ans Feuer und schmiedete den ganzen Rest der Nacht, bis er bei Morgengrauen ein Schwert in der Hand hielt, dessen Heft über und über mit Edelsteinen besetzt war, dass es nur so strahlte und schimmerte. Das Männchen kam, sagte ihm Dank und machte sich mit dem Schwert davon.

Der Schmied aber ging nach Hause, um sich frische Kleider anzuziehen, weil er dem König nicht mit den alten unter die Augen treten wollte. Als er zu seinem Häuschen kam, wunderte er sich. Die Bäume waren groß gewachsen und dort, wo vorher kleine Sträucher waren, wuchsen dichte Hecken. Überall lag dicker Staub und das Feuer im Herd war längst erloschen.

Er wusch sich und ging dann zurück in seine Schmiede. Die Leute aus dem Dorf waren älter geworden und sie fragten ihn, wo er so lange gewesen sei. In der Schmiede lagen keine Waffen mehr für den König. Der König hatte sie damals, vor sieben Jahren, mitgenommen.

Das Land war inzwischen arm geworden von der Tyrannei des Königs, von den vielen Kriegen hatten viele Frauen ihre Männer verloren. Es herrschte überall große Not und die Menschen trauerten um den jungen Prinzen, der nicht zurückgekommen war.

Der Prinz aber war damals in den dichten Wald gelaufen und hatte das kleine Männchen getroffen, das ihn in seinen Dienst nahm. Es bildete ihn zu einem gerechten, starken und mutigen Mann aus.

Und als sieben Jahre um waren, sprach das Männchen zu ihm: „Du musst mich jetzt verlassen und dein Land retten. Möge dir dieses magische Schwert so treu dienen, wie du mir gedient hast", und das Männchen gab ihm das Schwert, das er bei dem Schmied in Auftrag gegeben hatte.

Der Prinz ritt in seines Vaters Schloss so schnell er konnte und fand es verlassen vor. Er ritt weiter und sah die Armee seines Vaters in einer Schlacht gegen den benachbarten König. Schnell ritt er hin und rief seinen Vater. Als dieser ihn erkannte, zog er das Schwert und wollte gegen seinen eigenen Sohn kämpfen. Doch der Prinz hielt das magische Schwert in den Händen. Der König war wie gebannt von der strahlenden Helligkeit des Schwertes. Der Prinz berührte seinen Vater nur ein einziges Mal leicht damit und augenblicklich veränderte sich der König. Das Schwert hatte ihm die Augen geöffnet und er erkannte, was er getan hatte.

Der Prinz zog weiter in die Schlacht und jedesmal, wenn er einen Soldaten damit berührte, hielt dieser inne und erkannte, wie sinnlos dieser Krieg war.

Bald war es ruhig geworden auf dem Schlachtfeld, keiner kämpfte mehr, weil ihnen das magische

Schwert die Augen geöffnet hatte. Aber viele waren verwundet. Der Prinz stieg ab von seinem Pferd und wie von selbst führte ihn das Schwert zu jedem Einzelnen der am Boden liegenden Männer, berührte sie, sie standen auf und waren geheilt.

Da war das Glück groß und der König schloss Frieden mit den benachbarten Ländern.

Der Prinz aber vermählte sich mit der Tochter eines Nachbarkönigs, sie erbten die Königreiche ihrer Väter und wenn sie nicht gestorben sind, dann regieren sie noch heute in Liebe und Weisheit.

Die Kartoffel

Es waren einmal arme Bauersleute, die hatten sechs Kinder. Aber nur ein kleines Stück Land, auf dem sie einmal Weizen, ein anderes Mal Kraut oder Kartoffeln anbauten. Dieses Mal waren wieder Kartoffeln dran.

Der Bauer kaufte von seinem letzten Geld auf dem Markt bei einer alten Frau Saatkartoffeln. Die alte Frau war als Hexe verschrien und die Leute kauften bei ihr nur etwas, um ihrem Fluch zu entgehen. Der Bauer hatte keine Angst. Er kannte die Ungerechtigkeit der Menschen und ihre Vorurteile.

Die alte Frau wog ihm reichlich die Kartoffeln ab und gab ihm noch Äpfel für seine Kinder und Kräuter für die Bäuerin mit. Der Bauer bedankte sich herzlich und versprach, nach der Ernte einen Korb Kartoffeln zurückzugeben.

Sodann legte er die Kräuter und Äpfel auf den Kartoffelkorb und machte sich auf den Heimweg. Unterwegs hörte er jemanden sprechen. Aber so oft er sich auch umdrehte, er konnte niemanden sehen.

Zu Hause angekommen, verteilte er die Äpfel unter seinen Kindern, die Kräuter bekam die Bäuerin, die sie zu Sträußchen zusammenband und zum Trocknen über den Herd hängte. Dort verbreiteten sie einen solch angenehmen Duft, dass das ganze Häuschen danach roch und keiner von der Familie mehr krank wurde.

Der Bauer nahm den Korb mit den Kartoffeln und ging auf sein Feld, um sie in die Erde zu legen. Als er die letzte in die Hand nahm, hörte er wieder eine Stimme, die zu ihm sprach. Er drehte sich um, aber da war niemand. Es war die Kartoffel, die zu ihm redete: „Bauer, höre gut zu und befolge meinen Rat. Lege mich nicht in die Erde. Ich bin die Kartoffelfee und ich kann dich und deine Familie immer satt machen. Wickle mich in ein Tuch und trage mich immer bei dir. Du wirst es nicht bereuen." Der Bauer tat, wie ihm die Kartoffel geheißen hatte.

Von dem Tage an war alles anders. Eine Kuh lief mit ihrem Kälbchen auf den Hof, die Kartoffel sagte: „Bringe sie in den Stall, sie gehört euch."

Am nächsten Tag war der Hof voller Hühner, Enten und Gänse. „Gehe in die Scheune, dort steht ein Sack Futter für das Federvieh", hörte er die Kartoffel sagen. „Der Sack wird niemals leer."

Eine ganze Schafherde stand plötzlich vor dem Haus und blökte. Die Kinder liefen hinaus. Da sahen sie einen Hütehund, der die Schafe beisammenhielt.

Eines Nachts hörten die Bauersleute ein Knacken und Krachen. Das Häuschen wurde ordentlich durchgerüttelt. Auf einmal war es still.

Als der Morgen kam und die Sonne aufging, standen die Bauersleute auf, um ihre Arbeit zu verrichten. Was war das für ein Staunen, als sie vor die Tür gingen. Alles hatte sich verwandelt. Das Haus war viel größer geworden. Im Stall muhten zehn Kühe und wollten gemolken sein, Schweine grunzten, zwei Pferde wieherten. Die kleine Scheune war so groß geworden, dass für alle Tiere Winterfutter Platz hatte.

Das kleine Feld mit den Kartoffeln blühte und versprach eine gute Ernte. Ein alter vornehmer Herr stand plötzlich vor ihnen und sprach: „Ihr seid brave Leute. Ich schenke euch Land, das ihr aber nie brach liegen lassen dürft. Haltet eure Kinder an, dass sie ebenso gute Menschen werden, wir ihr es seid. Und helft immer, wo ihr könnt, um den Hunger in der Welt zu mindern."

Das versprachen die Bauersleute. Der vornehme Herr hob seine Hände, segnete Haus, Hof, Tiere und die Familie. Dann wurde er immer größer und größer, bis er die Wolken erreichte und war verschwunden.

Der Bauer griff in die Tasche, um die Kartoffel hervorzuholen. Als er sie aus dem Tuch nehmen wollte, sprach diese: „Großes Glück ist euch widerfahren. Wenn ihr die Kartoffelernte beendet habt, legt mich in den Korb, den ihr der alten Frau versprochen habt und bringt mich zu ihr. Sie ist ein guter Engel und sorgt dafür, dass armen, rechtschaffenen Menschen geholfen wird. Das ist ihre Aufgabe in dieser Welt."

Als die Kartoffelfeuer brannten und die Ernte eingebracht war, machte sich der Bauer mit dem Kartoffelkorb auf den Weg, um sein Versprechen einzulösen. Die sprechende Kartoffel legte er ganz oben auf.

Er fand die alte Frau mit ihrem Obst- und Gemüsestand. Bei ihr stand eine ganze Familie mit hungrigen Augen. Sie winkte den Bauern heran, nahm ihm den Korb ab und gab ihn dem Familienvater. Der bedankte sich und ging mit seiner Familie hinaus auf die Felder, wo die Kartoffelfeuer brannten. Keiner von ih-

nen hörte die Stimme aus dem Korb und sie brieten die ganzen Kartoffeln im Feuer und aßen alle auf.
So ist der Zauber gebrochen und der Engel vom Markt musste die Erde verlassen. Deshalb herrscht noch immer Not und Hunger in der Welt.

Das Tor zum Paradies

Es war einmal ein kleiner Ort mit nur drei Häusern. Da wohnten Leute, die man sonst nirgendwo haben wollte. Es waren ganz normale Menschen, aber sehr geheimnisvoll.

Da gab es erwachsene Männer und Frauen, aber nur zwei Kinder. Und diese Kinder waren der Grund, dass diese Menschen von anderen gemieden wurden.

Die drei Häuser standen alle in einer Reihe und hinter den Häusern waren wunderschöne Gärten ohne Zäune. Nur Büsche und Bäume und seltene Blumen wuchsen da.

In einem der Gärten standen die Büsche so nahe beieinander, dass kein Durchkommen war. Nur an einer Stelle bildeten sie eine runde Öffnung. Wenn nun die beiden Kinder sich vor die Öffnung stellten, begannen die Zweige sich hin- und herzuwiegen und nach kurzer Zeit erschienen solch wunderbare Blüten, wie man sie sonst nie sah.

Diese Blüten dufteten und lockten die Kinder, durch das runde Tor zu gehen. Oft schon waren die beiden hindurchgegangen. Sie kamen dann auf eine Wiese, die blaues Gras und grüne Seen und viele Tiere hatte. Es war so schön, dass die Kinder nicht mehr zurückwollten. Aber sobald sie von Vater oder Mutter gerufen wurden, mussten sie die Wiese verlassen.

Eines Tages feierten alle Bewohner der drei Häuser in ihren Gärten ein Sommerfest. Alle waren im bester Stimmung. Es wurde gesungen, getanzt und gelacht.

Die beiden Kinder waren glücklich und wollten nun auch den Erwachsenen ihre blaue Wiese zeigen. Alle stellten sich also vor die runde Öffnung und warteten gespannt, was passieren würde.

Plötzlich rauschten die Zweige, es hörte sich an, wie himmlische Musik, Blüten erschienen mit ihrem süßen Duft und lockten die Bewohner, hindurchzugehen. Das taten sie dann auch und befanden sich auf der blauen Wiese mit den grünen Seen.

Ein mildes Licht tauchte alles in einen goldenen Glanz. Die Menschen gingen umher und freuten sich an all der Pracht. Auf einmal erschienen Wesen mit Flügeln. Sie waren wunderschön anzusehen. Sie luden die Menschen ein, mitzukommen in ihren Palast.

Dort war alles aus Gold und Silber mit prachtvollen Edelsteinen verziert. Köstliche Speisen wurden aufgetragen und liebliche Musik ertönte. So feierten sie alle eine lange, lange Zeit.

Bis einer der Menschen sagte, man müsse jetzt aber wieder ans Heimgehen denken. Also machte sich die Gesellschaft auf den Rückweg.

Als sie aber durch das runde Tor traten, waren ihre Häuser verfallen und die Gärten verwildert. Das runde Tor schloss sich und ward eine undurchdringliche Dornenhecke geworden. Alle Menschen waren plötzlich uralt und grau. Und niemand erbarmte sich ihrer.

So irren sie wahrscheinlich noch heute durch die Welt. Sie hatten das Paradies gefunden und nicht erkannt. Und es wird noch viele, viele Jahre dauern, bis sich die Hecke wieder öffnet.

Annelie im Reich der Mäuse

Es war einmal ein kleines Mädchen, das hieß Annelie. Sie lebte mit ihren Eltern in einem großen, schönen Haus mit vielen Zimmern in einem Land, wo die meisten Leute viel, viel weniger hatten als Annelies Familie. Annelie hatte keine Geschwister. Und natürlich hatte sie ein großes Zimmer mit Regalen und Schränken, in denen sie all ihre Spielsachen, Puppen, Malbücher und Stifte aufbewahrte. Manchmal musste ihre Mama ein neues Regal kaufen, weil in die anderen nichts mehr hineinpasste, so viel bekam Annelie immer geschenkt.

Aber die Kleine konnte sich an all den Sachen überhaupt nicht richtig freuen. Sie nahm sie zwar aus dem Regal und spielte eine Weile damit, aber dann sah sie wieder etwas anderes, nahm dies, dann das und am Ende hatte sie alles in der Hand gehabt, aber immer noch nicht richtig gespielt. Annelie war unzufrieden. Sie wollte immer mehr Geschenke haben, aber je mehr sie bekam, desto unzufriedener wurde sie.

Eines Nachts, als sie wieder einmal vor lauter Unruhe nicht einschlafen konnte, stand plötzlich eine Fee im Mondschein vor ihrem Bett. Sie war wunderschön, ihre blauen Augen strahlten und ihr langes, goldenes Haar fiel ihr in weichen Wellen über die Schultern. Ihre Füße berührten kaum den Boden, so leicht schwebte sie im Raum. Daran erkannte das Mädchen, dass es wirklich eine Fee war. Sie hielt Annelie ihre Hand hin und sagte: „Komm mit, du unzufriedenes kleines

Mädchen. Ich zeige dir das Reich der Mäuse." Annelie nahm ihre Hand und beide wurden auf einmal so klein, dass sie durch ein Mauseloch passten, das hinter einem großen Schrank versteckt war.

Zuerst war es dunkel in den Gängen, aber dann sah Annelie ein kleines Licht. Als sie angekommen waren, standen sie mitten im Wohnzimmer von Familie Maus. Weil Mäuse Nachttiere sind, spielten die Kleinen und die Mutter arbeitete gerade an einem neuen Gang.

Die kleinen Mäuse spielten Mama-Papa-und-Kind. A-
ber sie hatten keine richtigen Puppen, so wie Annelie
sie kannte. Es waren Stückchen aus Holz, Papier oder
Beeren, die sie draußen gefunden hatten. Trotzdem
spielten die Mäuse so, als wären die Sachen echte Ba-
bys und waren fröhlich bei der Sache. Als sie Annelie
erblickten, sagten sie ohne Zögern: „Komm, spiel
mit." Sie waren es gewöhnt, eine große Schar zu sein.
Annelie nahm ein Stückchen Holz, das in einer Ecke
lag und spielte mit. Nach einiger Zeit sagte die Mäu-
semutter, dass es nun Zeit sei, zu Bett zu gehen. Annelie war traurig, dass das schöne Spiel schon zu Ende
sein sollte und bat die Fee, wiederkommen zu dürfen.
Doch die Fee sprach: „Das geht nicht. Jedes Kind darf
nur einmal in das Reich der Mäuse kommen. So lautet
die Regel. Nun liegt es an dir, dir ein eigenes glückliches Reich zu schaffen."
Plötzlich war die Fee verschwunden und Annelie
wachte auf. Es war heller Morgen. Sie lag in ihrem
Bett! Hatte sie nur geträumt? Da fühlte sie etwas in
ihrer Hand. Es war das Stückchen Holz, das bei den
Mäusen ihre Puppe war. Es sah jetzt winzig aus in ihrer großen Hand. Und dann fühlte Annelie wieder das
Glück und die Zufriedenheit, die sie beim Spiel mit
den Mäusen gehabt hatte.
Sie stand auf, zog sich an und dann schleppte sie ihre
vielen, vielen Spielsachen hinaus vor das Haus und
stellte sie um sich herum auf. Viele Kinder kamen herbei und bestaunten die Sachen. Annelie ließ jedes von

ihnen sich ein Spielzeug aussuchen. Die meisten Kinder waren sehr arm. Annelie wurde es ganz warm ums Herz, als sie die Freude der Kinder sah und am Abend hatte sie ihr ganzes Spielzeug weggegeben.

Nur das Hölzchen aus dem Reich der Mäuse war noch da. Sie betrachtete es und auf einmal begann es zu wachsen. Eine Rundung bildete sich oben und Abzweigungen unten und an der Seite. Nach einiger Zeit war aus dem Hölzchen eine einfache Holzpuppe geworden. Sie hatte keine Kleider an und auch kein Gesicht, aber das war Annelie nicht wichtig. Sie fand sie wunderschön und gab ihr einen Namen.

Ein paar Kinder waren noch geblieben und spielten mit den neuen Sachen. Annelie ging zu ihnen und spielte mit.

Sie war glücklich, weil sie anderen eine Freude gemacht hatte und zufrieden, weil sie eine Puppe hatte, die ihr so viel Wert war, wie keine zweite auf der Welt.

Zwei Gänsefedern

Es war einmal ein Junge, der hieß David. Er war gerade einmal acht Jahre alt und wollte ein ganz großer Mann und Sportler werden. Aber er war ein sehr schlechter Esser und darum wuchs er nur ganz langsam und hatte sehr dünne Beine und Arme. Alle anderen Kinder waren schon einen Kopf größer als er und viel stärker.

Sie schupsten und rempelten ihn immer an, sodass er hinfiel und sich die Knie und Ellbogen aufschlug. Aber er wollte nicht aufgeben. Wenn die Kinder am Dorfrand auf einem Fußballplatz übten, war er immer dabei, mit Pflastern an Armen und Beinen.

Hinter dem Spielplatz war eine Wiese, auf der Fischreiher auf Mäuse lauerten. Wenn die Kinder wieder bolzten, standen die Reiher alle am Rand und schauten zu.

Eines Tages, es war schon Herbst, rauschten die Zugvögel über den Platz und eine Schar Wildgänse war gerade gelandet und machte sich mit Zischen und Geschnatter für die Nacht zurecht. Es dämmerte schon, aber die Kinder spielten immer noch. Plötzlich flog der Ball in die Gänseschar und blieb liegen. Die Gänse zischten und hackten mit ihren starken Schnäbeln auf den Ball ein. Keines der Kinder wollte den Ball holen. Alle hatten Angst vor den aufgeregten Gänsen.

„David, hol du den Ball, du bist klein und dünn, dich werden die Gänse nicht beachten", riefen die großen Buben. David hatte genauso viel Angst, aber jetzt konnte er beweisen, dass er auch mutig war. Also machte er einen Bogen um die Gänse, um ungesehen an den Ball zu kommen. Die Gänse hatten sich inzwischen wieder beruhigt und schon den Kopf zum Schlafen unter das Gefieder gesteckt.

Aber eine Gans, es war die größte, stand aufmerksam da und schaute David fest in die Augen. David wurde es ganz mulmig. Da hörte er plötzlich eine Stimme, die zu ihm sprach: „Komm nur näher und hole dir den Ball." David ging ganz langsam zu der Gans hin und wollte gerade den Ball aufheben, da sprach sie zu ihm: „Ich weiß, wer du bist und was du werden willst. Weil du so mutig bist und dich unter uns gewagt hast, will ich dir helfen, das zu erreichen, was du dir so sehr wünschst. Gib' Acht. Ich ziehe jetzt aus meinen Schwingen zwei Federn heraus. Hebe sie auf und wenn du sie immer pflegst und achtest, wird aus dir das, was du dir vorgenommen hast."

David hob die beiden Federn auf und versteckte sie unter seinem Pulli. Dann nahm er seelenruhig den Ball und ging zu seinen Spielgefährten zurück. Es war jetzt schon dunkel und die Kinder mussten heim.

David legt die Gänsefedern unter sein Kopfkissen und der Schlaf kam. Ihm träumte, er säße vor einem gedeckten Tisch und der Geruch der Speisen stieg ihm in die Nase. Er verspürte großen Hunger und wollte gerade essen, als die Mutter rief: „David, aufstehen, es ist Zeit zur Schule zu gehen!"

David erwachte und als er fertig angezogen war, ging er zur Mutter in die Küche. „Ich habe solchen Hunger", sagte er. „Bitte, packe mir ein großes Vesperbrot ein." Dann genoss er sein Frühstück und die Mutter staunte nur so, wie viel er aß.

So ging es nun jeden Tag. David wuchs und wurde stärker, als alle anderen Kinder. Auch sein Ziel, ein großer Mann und Fußballer zu werden, hat er erreicht.

Die zwei Gänsefedern hat sich David hinter Glas in einen kostbaren Rahmen machen lassen. Und jeder, der sie sieht, fragt, was das zu bedeuten habe. Aber er lächelt nur und schweigt.

Das Raumschiff

Es war eine stürmische Nacht. Die Wolken jagten über den Himmel und ließen den Mond nur ab und zu durch Wolkenlücken blinzeln. Ein eigenartiges Ding schwebte zwischen Wolken und Wind zur Erde.

Das Ding setzte sanft auf dem Erdboden auf, Rolltüren öffneten sich und ein menschenähnliches Wesen erschien. Es war größer als ein Mensch, hatte ein strahlendes Gesicht und tief blaue Augen. „Endlich bin ich angekommen", dachte es. „Nun werde ich die Erde und seine Bewohner erforschen." Aber es war niemand zu sehen, denn die Landung war auf einem weiten Feld erfolgt.

„Was mache ich nun?", dachte das Wesen. „Zuerst werde ich mein Gefährt tarnen." Also hob es die Hände und blaues Licht in Strahlen hüllten das Gefährt ein und sofort war es unsichtbar.

Dann wandte sich das Wesen um und ging auf einen Wald zu, der am Horizont zu sehen war. Als es am Waldrand angekommen war, sah es vor sich eine Versammlung von kleinen Wesen.

„Wer seid ihr? Seid ihr Menschen?"

„Nein, antwortete das größte Wesen. Wir sind das Waldwurzelvolk oder Zwerge, wie die Menschen uns nennen. Wie heißt du und woher kommst du?"

„Ich bin ein Planetenbewohner. Mein Name ist Etlantus. Meine Heimat ist weit, weit im Universum und ich bin schon sehr lange unterwegs. Ich soll den Menschen von uns berichten und ihnen neue Fähigkeiten lehren."

„Lieber Etlantus, du wirst sehr enttäuscht sein von den Menschen. Auch wir wollten ihnen unser Wissen über Pflanzen und Steine weitergeben. Aber sie haben nur versucht, Geld aus dem Gelernten zu schlagen und verlangten von uns Sklavendienste. Also haben wir uns zurückgezogen. Ab und zu treffen wir auf Menschenkinder, die bei uns lernen und die wir fördern und die unseren Zwergenstaat nicht verraten. Die ganzen Edelsteine und das Gold, das wir gesammelt haben, wird in besonderen Kammern unter der Erde gelagert. Wir würden dir gerne alles zeigen, aber du bist so groß und unsere Gänge sind so klein und niedrig, dass du nicht einmal auf den Knien hindurchkämst."

„Liebes Zwergenvolk, ich kenne Gold, Silber und Edelsteine. Das ist für uns, da wo ich herkomme, Baumaterial, also nicht so einmalig und wertvoll wie für die Menschen. Es gibt bei uns Leute, die für die Herstellung dieser Metalle und Steine ausgebildet sind. Bei uns gibt es noch vieles, woran die Menschheit noch gar nicht gedacht hat. Schaut her, was ich mitgebracht habe!"

Etlantus öffnete seine Tasche, die er umhängen hatte, und entnahm ihr Pläne, Anweisungen, Gesundheitsrezepte und ganz unten auf dem Boden der Tasche blinkte und glitzerte es wie tausend Sterne. „Bei uns ist das nichts Besonderes und es wird nur hergestellt, wenn es zum Bauen oder Verzieren gebraucht wird.

Ich könnte den Menschen zeigen, wie es gemacht wird und deshalb mache ich mich jetzt auf den Weg zu ihnen."

„Etlantus, sei vorsichtig! Vertraue keinem! Denke daran, wie es uns erging!" Die Zwerge umringten Etlantus, dann begleiteten sie ihn ein Stück des Weges. Der Älteste aber sprach zu ihm: „Solltest du in Bedrängnis geraten oder gar in Not und Lebensgefahr, so stampfe dreimal auf die Erde. Wir werden es hören und dir zu Hilfe eilen."

„Danke", sagte Etlantus. „Das verspreche ich euch."

Sodann ging er auf die Stadt zu, die mit ihren vielen Lichtern zu sehen war. Er kam in einen großen Park mit alten Bäumen und sprudelnden Quellen. Dann setzte er sich auf eine Bank und erwartete den Morgen.

Als es dämmerte und die Sonne sich anschickte aufzugehen, kamen die ersten Menschen. Sie sahen grau und müde aus. Etlantus wollte sie fragen ob er ihnen helfen könne, aber als sie seiner ansichtig wurden, liefen sie schreiend vor ihm davon.

Noch nie hatten sie einen so großen Menschen mit so blonden Haaren, so blauen Augen gesehen. Etlantus wunderte sich sehr. Er verstand nicht, dass sie nicht spürten, dass er es gut mit ihnen meinte.

Er schaute sich um und sah auf einer anderen Bank etwas liegen, das mit Papier zugedeckt war. Er ging hin, entfernte das Papier und blickte in ein bärtiges, runzliges Gesicht.

„Was machst du hier?", fragte er.

Der Bettler, denn das war einer, schlug die Augen auf und blickte in die tief blauen Augen von Etlantus.

„Mein Gott, bin Ich schon tot und ein Engel kommt mich holen?", murmelte er.

„Aber nein, ich bin kein Engel", sagte Etlantus. „Fürchte dich nicht vor mir, ich kann dir helfen."

„Mir kann niemand mehr helfen", sprach der Bettler. „Ich bin von den Menschen verstoßen, habe keine Familie, keine Freunde, niemanden."

„Dann will ich dein Freund sein, komm, steh auf."

Das tat der Bettler und Etlantus breitete seine Arme auf und der Bettler sank hinein. Er weinte bittere Tränen und schluchzte. Etlantus ließ ihn gewähren.

Als der Bettler sich beruhigt hatte, blickte er an sich herunter. Was war da geschehen? Er stand aufrecht vor Etlantus in kostbaren Kleidern und voller Hoffnung.

„Willst du mir nun auch helfen?", fragte dieser.

„Ich bin dein Diener", sagte der Bettler.

„Ich brauche einen Freund und keinen Diener", sprach Etlantus. „Komm', wir wollen in die Schulen und Regierungen gehen, um den Menschen neue Erkenntnisse zu bringen."

Als sie sich dann unter die Menschen mischten, rannten einige zur Polizei und forderten, dass dieses Monster verhaftet würde. Aber es lag nichts gegen Etlantus vor. Sie ließen ihn aber nicht mehr aus den Augen.

Etlantus fragte seinen neuen Freund, wie er heiße. Der sprach: „Meine Mutter rief mich immer Ruben."

„Das ist ein schöner Name", meinte Etlantus.

So gingen sie gemeinsam durch die Straßen. Die Menschen, die ihnen begegneten, wichen auf die andere Straßenseite aus und tuschelten hinter ihnen her. „Ausländer, Spione, Lumpen, Verbrecher", und noch üblere Schimpfnamen.

Ruben sagte: „Wenn du noch unverdorbene Menschen sehen willst, müssen wir zu den armen Kindern gehen."

Das taten sie. Sie gingen in ein altes Kloster, das als Waisenhaus diente. Da fanden sie Kinder, die so arm waren, dass sie auf dem blanken Boden schlafen mussten. Und Hunger hatten sie, weil sie nur Wasser und Brot bekamen. Auch wurden sie geschlagen und mussten schwer arbeiten.

Das erbarmte Etlantus sehr. Er sammelte die Kinder um sich und fragte, ob sie mit Ruben und ihm eine weite Reise machen wollten. Alle riefen: „Ja, ja, ja!" Sie waren so aufgeregt, dass sie ganz vergessen hatten, zur Arbeit anzutreten. Ihre Aufseher hatten auch schon die Polizei gerufen. Die kam mit schweren Waffen und Fahrzeugen daher.

Etlantus streckte seine Arme vor und blaurote Strahlen verwirrten die Männer. Gleichzeitig stampfte er dreimal auf die Erde. Das war das Zeichen der Not für die Zwerge.

In den unterirdischen Gängen wurde es lebhaft. Die Zwerge kamen aus ihren Verstecken hervor. Jeder hatte einen Sack voller Gold und Edelsteine bei sich. Als sie an die Erdoberfläche kamen, standen sie direkt vor Etlantus und Ruben. Sie reichten den beiden die Säcke und diese streuten sie unter die Angreifer. Als die sahen, was da für Schätze auf der Erde lagen, balgten und stritten sie sich darum. Niemand achtete mehr auf Etlantus, Ruben und die Kinder.

Etlantus hob die Arme und blaue Strahlen machten sie und die Zwerge unsichtbar. Aber auch die Edelsteine und das Gold waren verschwunden. Die Angreifer beschuldigten sich gegenseitig, alles an sich genommen zu haben. Und sie hieben und stachen aufeinander ein. Ihre Gier war grenzenlos.

Inzwischen waren die Kinder mit Eltantus und Ruben schnell auf das weite Feld marschiert. Da hob Etlantus wieder seine Arme und grüne Strahlen machten sein Raumschiff wieder sichtbar. Alle stiegen ein. Die Zwerge waren zum Abschiednehmen gekommen. Leise summend stieg das Gefährt nach oben. Die Zwerge winkten bis das Raumschiff nicht mehr zu sehen war.

Etlantus brachte die Kinder und Ruben auf seinen Planeten, wo sie unterrichtet wurden und zu Meistern ausgebildet. Eines Tages werden sie auf unsere Erde zurückkommen, um uns Frieden, Fortschritt, Liebe und menschliche Entwicklung zu bringen.

Der Mann mit dem schweren Sack

Eines Tages wanderte ein krummer, gebückter Mann durch einen großen Wald. Es war Winter und alles war mit einer dicken Schneedecke überzogen. Man konnte hören, wie es unter den Schuhen des Mannes bei jedem Schritt knirschte. Er ging sehr langsam, denn er hatte einen schweren Sack auf dem Rücken. So schwer, dass er ihn kaum tragen konnte.

Wie er so ging, sah er auf einmal ein silbernes Flimmern vor seinen Augen und eine zierliche, kleine, kecke Elfe erschien.

„Was hast du auf deinem Rücken, das du so schwer tragen musst ...?" Sie flog ihm auf den Kopf und kitzelte ihn hinter dem linken Ohr.

„He, was machst du? Lass das!", rief der Mann und wollte sie mit seiner Hand verscheuchen. Aber da saß sie schon hinter ihm auf dem Sack und er erwischte sie nicht.

„In meinem Sack trage ich alle meine Sorgen mit mir herum. Aber was geht dich das an?" Er war mürrisch und ihm war kalt.

„Alle deine Sorgen?" erwiderte die Elfe erstaunt.

„Natürlich - und weil ich so viele habe, ist der Sack auch mit den Jahren so schwer geworden. Ich bin schließlich ein erwachsener Mann!", sagte der Mann mit wichtiger Miene. „Und jetzt verschwinde!"

„Aber", wollte die Elfe wissen, „wie wird der Sack denn wieder leichter?"

„Er wird nicht leichter!", herrschte sie der Mann ungeduldig an.

Die Elfe schwebte direkt auf seine Nase zu und kitzelte ihn so, dass er niesen musste. Der Mann fuchtelte vor seinem Gesicht herum, aber er erwischte sie auch diesmal nicht. Die Elfe saß nämlich jetzt gerade mitten auf seinem Kopf und zupfte ihm nachdenklich an einer Haarsträhne, die unter seiner Wollmütze hervorguckte.

„Hm, mal überlegen ...", sagte sie. „...vielleicht könntest du den Sack einfach abstellen - dann wärst du deine ganzen Sorgen auf einmal los."

„Papperlapapp", sagte der Mann. „Sorgen sind Sorgen, die wird man nicht los. Und jetzt lass mich in Ruhe!" Er versuchte wieder, die Elfe zu vertreiben, aber auch diesmal fuhr seine Hand ins Leere.

Verärgert ging er ein paar Schritte weiter durch den tiefen Schnee.

Die Elfe aber ließ nicht locker. „Nein, nein, das kann nicht sein! Guck dir doch mal die Bäume an. Im Frühling kommt die Sonne und der Schnee schmilzt. Dann sind sie ihre Last los. Da muss es für Menschen doch auch etwas geben!"

Der Mann wurde ungeduldig, es wurde langsam dunkel, ihm war eiskalt und er wollte heim in seine Hütte. „Es geht nicht. Und jetzt lass mich endlich allein!"

Er ging weiter und versuchte, so große Schritte zu machen, wie es mit seiner schweren Last nur ging.

Aber die Elfe setzte sich ihm ans rechte Ohr und flüsterte hinein: „Wie wär's denn, wenn du ein Problem aus dem Sack herausgreifen und dann lösen würdest?"

Da wurde der Mann wütend und kratzte sich im Ohr, weil es so furchtbar kitzelte. Aber die Elfe war bereits wieder entwischt, setzte sich auf einen Tannenzweig und betrachtete ihn kichernd.

Der Mann ging verärgert weiter, ohne sich auch nur noch einmal umzublicken.

„Was weiß denn schon eine Elfe von meinen Sorgen?", dachte er bei sich. „Nichts, nichts und wieder nichts." Er versuchte, die Sache zu vergessen.

Doch so sehr er sich auch anstrengte, die Elfe ging ihm nicht mehr aus dem Sinn.

Bald erreichte er seine Hütte und setzte den Sack ab. Sein Rücken schmerzte und er konnte ihn kaum noch gerade richten.

Dann rieb er seine Hände am warmen Herdfeuer.

„Unsinn", dachte er. „Herausgreifen und lösen! Das hab ich ja noch nie gemacht!"

Er öffnete den Sack, blickte hinein und wollte ihn eigentlich schon wieder zumachen, als ihm ein Brief ins Auge fiel. Vor langer Zeit hatte ihm ein Freundin diesen Brief geschrieben, mit der er sich zerstritten hatte. Der Mann war viele Jahre beleidigt gewesen und hatte ihr deshalb nie geantwortet. Aber sein Herz war im Laufe der Jahre immer schwerer geworden, weil es einst eine sehr gute Freundin gewesen war.

Er las den Brief noch einmal durch. Dann nahm er einen Stift und ein Blatt Papier und schrieb ebenfalls ein paar Zeilen. Er schrieb ihr, ob er sie besuchen dürfe. Und plötzlich wurde ihm das Herz leichter.

Auf einmal begriff er, warum sein Sorgensack so schwer geworden war: Er hatte sich nicht mehr um seine Freunde gekümmert und sich an nichts mehr gefreut. Er war einsam und allein in den Wald gezogen, weil er niemandem verzeihen konnte – am wenigstens sich selbst.

Er erinnerte sich an das Kichern der Elfe. Dann verzog er das Gesicht und musste auch lachen. Zum ersten Mal seit vielen Jahren war er wieder froh!
Dann öffnete er wieder seinen Sack und griff hinein.
Was diesmal herauskam, ist sein Geheimnis.
Man weiß nur, dass er kurze Zeit später seine schäbige Holzhütte verließ, seine einstige Freundin besuchte und dann irgendwo ein neues Zuhause fand.
Aber manchmal kam er zurück und ging im Wald spazieren. Und jedesmal war der Sack ein bisschen leichter, ging er ein bisschen gerader und schneller. Und eines Tages war der Sack verschwunden.

Als Jule ihren Engel sah

Jule war ein kleines Mädchen, das in einem Waisenhaus lebte. Es hatte Vater und Mutter verloren und obwohl es sehr liebevolle Erzieherinnen hatte und nette Freundinnen, fühlte es sich trotzdem manchmal sehr einsam.

Deshalb betete es jeden Abend: „Lieber Gott, bitte schicke mir doch jemanden, der mich schützt und auf mich aufpasst. Nur auf mich. So, wie eine Mama und ein Papa das tun."

Und eines Tages, als Jule wieder einmal betete, da geschah etwas Seltsames: Plötzlich stand eine Gestalt vor ihr, erst undeutlich, aber dann immer deutlicher. Es war eine schöne Frau mit langen, seidigen Haaren und einem langen Kleid. Ihre Hände waren schmal und elfenbeinfarben und sie war sehr groß. Sie reichte fast bis zur Decke.

Liebevoll sah die schöne Frau Jule an.

Jule blickte sie erstaunt an und fragte: „Wer bist du?"

„Ich bin dein Schutzengel, Jule", sagte die schöne Frau. „Jeder Mensch hat einen Schutzengel, aber die wenigsten wissen das."

„Dann bin ich gar nie allein", überlegte Jule und ihr Herz wurde froh und leicht.

„Nein, du warst nie allein und du wirst nie alleine sein, Jule", erklärte die schöne Frau weiter. „Und immer, wenn du Kummer hast, kannst du dich an mich wenden. Ich passe auf dich auf, wenn du über die Straße gehst und ich gebe dir einen Rat, wenn du einen

brauchst. Du musst nur eines tun: Auf dein Herz hören."

„Das will ich", antwortete Jule.

Dann fiel ihr etwas ein und sie fragte: „Wie heißt du
eigentlich?"

Der Schutzengel sagte ihr den Namen. Und Jule be-
hielt ihn ganz für sich allein, tief in ihrem Herzen ver-
schlossen. Bis heute hat sie ihn nicht verraten und bis
heute hat sie sich auch nie mehr alleine gefühlt.

Und immer, wenn andere Kinder ihr sagten, sie seien
so einsam oder sie hätten Angst alleine, dann fragte
Jule: „Warum sprichst du denn nicht mit deinem
Schutzengel?"

Manche Kinder hielten sie daraufhin für verrückt. Aber
andere hörten ebenfalls auf ihr Herz und lernten auch

eines Tages ihren Schutzengel kennen. Aber keines von ihnen verriet jemals den Namen seines Engels. Denn sie spürten ganz tief drinnen, das das ein großes Geheimnis jedes einzelnen Menschen sein sollte.

Der Stern, der nicht mehr leuchten wollte

Es war einmal ein kleiner Stern, der hatte keine Lust mehr zu leuchten. Es war ihm einfach zu langweilig, da oben am Himmel zu stehen, Nacht für Nacht.

Erst fing er an zu murren und zu nörgeln. Aber keiner der anderen Sterne hörte ihm zu, denn alle waren viel zu beschäftigt damit, ihre Strahlen sauber zu halten, damit sie hell und golden leuchteten. Denn sie wussten, dass jeder, der sie ansah, von ihrem wunderschönen Glanz froh wurde.

Auch der kleine Stern wusste das. Aber es interessierte ihn nicht, ja, er glaubte es nicht einmal so recht.

„Wer weiß, ob das überhaupt stimmt", nörgelte er. „Die anderen sehen schön aus, ja, aber ich selbst? Woher soll ich das wissen?"

Mit der Zeit brachte er Unruhe in den Sternenhimmel. Die anderen machten sich Sorgen um ihn, weil er immer blasser wurde und immer weiter nörgelte und seine Aufgabe überhaupt nicht mehr richtig erfüllen konnte.

Da erschien eines Nachts der Sandmann und machte ein ernstes Gesicht. „Kleiner Stern", sagte er, „komm mit mir."

„Hurra", dachte der Stern, „jetzt muss ich nicht mehr länger hier bleiben, jetzt kann ich mit dem Sandmann gehen. Bei dem ist es bestimmt nicht so langweilig!"

Der Sandmann nahm den kleinen Stern bei der Hand,
die beiden schwebten hinunter zur Erde und landeten
sanft auf einer Wiese im Mondschein. Der Sandmann
führte den Stern dicht an einen Tümpel und der Kleine
blickte auf die glatte Wasseroberfläche. Doch was war
das? Er wurde geblendet von einem hellen, goldenen
Schein und sprang zurück.

„Das bist du", sagte der Sandmann mit seiner ruhigen
Stimme. „Hast du gesehen, was für einen goldenen,
hellen Schein zu hast?"

Der kleine Stern war ganz verblüfft und wollte in sein Spiegelbild hineinsehen. Aber es war einfach zu hell. Er wurde wieder geblendet.

„Du selbst kannst deine Schönheit nicht sehen", erklärte ihm der Sandmann. „Aber jeder, der dich betrachtet, wenn du weit entfernt am Himmel stehst, wird froh von deinem wunderschönen Glanz."

„Doch – doch ich kann mich sehen", rief der Stern aufgeregt. „Ich darf nur nicht so nah herangehen!"

Er schwebte etwas höher empor über dem Wasserspiegel, kniff die Augen zusammen und blickte auf das Wasser. Noch immer war es zu hell und er schwebte noch etwas höher hinauf. Als er endlich seine Augen ganz öffnen konnte, da spiegelten sich im Wasser hunderte von Sternen, die am Nachthimmel standen.

Der kleine Stern konnte nicht erkennen, welches sein eigenes Licht war. Aber er wusste, dass ein winziges Stückchen dieses wunderbaren, glitzernden Firmaments sein eigenes war.

Das machte ihn sehr glücklich.

Von diesem Tag an leuchtete er so golden und hell, wie er nur konnte und putzte seine Strahlen blitzblank, dass es nur so funkelte.

Die Samtschuhe

An einem heiteren Tag fielen plötzlich ein Paar Samtschuhe und drei Nüsse vom Himmel. Sie landeten in
einem Hinterhof, in dem ein Mädchen ganz allein mit
Steinen spielte.
Das Mädchen war nicht mehr gewachsen, seit es drei
Jahre alt war. Und jetzt war es sechs. Eigentlich sollte
es eingeschult werden. Aber es war zu klein, um seinen Ranzen zu tragen. Es weinte sehr, weil es doch so
gerne alles lernen wollte. Aber es wurde nur von allen
ausgelacht und nach Hause geschickt.
Doch jetzt hatte es etwas, das sonst niemand hatte:
Die Samtschuhe und die drei Nüsse. Noch wusste es
nicht, was es damit machen sollte. Aber es hütete die
Dinge, wie einen kostbaren Schatz. Für die drei Nüsse
flocht das Mädchen ein kleines Netz und hing es an
einer Kette um seinen Hals. Die Schuhe aber verbarg
es vor den Augen seiner Eltern und dachte: „Vielleicht
wachse ich doch noch. Und dann ziehe ich die Schuhe
an."
Aber es blieb so klein, wie es war.
Einmal in der Nacht träumte es, es wäre in einem Boot
und glitt über blaues Wasser auf eine Insel zu. Da angekommen stieg es aus und ging auf ein wunder-
schönes, weißes Schloss zu. Ein Prinz erwartete es,
nahm es an der Hand und führte es durch die Gemä-
cher bis zu einem Zimmer, in dem ein Himmelbett
stand. Vor dem Bett sah das Mädchen seine Samtschuhe stehen und Kleider aus Seide.

„Aber das ist mir doch alles zu groß", sagte es zu dem Prinzen.

Der aber sprach: „Ich warte schon sehr lange auf dich. Wenn du erwachst, kleide dich an und ziehe die Schuhe an."

Und da war der Traum zu Ende. Das Mädchen erwachte in seinem Kinderbett.

Viele Jahre gingen ins Land aber den Traum vergaß es nie.

Inzwischen hatten ihm seine Eltern alles beigebracht, was sie selbst einst in der Schule gelernt hatten. Das

Mädchen wusste nun viel und es konnte wunderbar singen. Wenn es alleine war, ging es hinunter in den Hof, holte die Nüsse und die Samtschuhe, setzte sich hin und sang mit einer so lieblichen Stimme, dass selbst die Vögel aufhörten zu zwitschern, um ihm zuzuhören.

Den Gesang hörte auch eine alte, weise Eule. Sie flog herbei, setzte sich vor die Kleine und als der Gesang zu Ende war, fing die alte Eule mit tiefer Stimme an zu sprechen: „Liebes Kind, steh auf und zieh die Samtschuhe an."

„Aber die sind mir doch viel zu groß. Ich werde sie beim Gehen verlieren", antwortete das Mädchen. „Tu, wie ich dir geheißen habe", sprach die Eule und spreizte ihre Flügel.

Das Mädchen schlüpfte in die Schuhe und, siehe da, sie passten wie angemessen. „So, und nun nimm eine Nuss und öffne sie", hörte sie die Eule sagen.

Als die Nuss aufbrach, flimmerte ein rosafarbenes Licht hervor und das Mädchen spürte auf einmal, wie sich ihr Körper streckte und reckte. Langes, blondes Haar lockte sich von ihrem Kopf und bis zur Hüfte.

Das Mädchen blickte um sich und sah die Eule. „Öffne die zweite Nuss", sprach diese. Die Kleine tat es und als sie nach der Eule sah, stand auch der Prinz aus ihrem Traum dabei. Er hielt ihr die Hand hin und sie gingen miteinander umher.

Der Hinterhof hatte sich auch verändert. Das Haus ihrer Eltern war ein prächtiges Schloss geworden und ein Garten, groß und schön, mit Pflanzen und mächtigen Bäumen und eine glasklare Quelle erfreuten das Auge.

Die dritte Nuss legten die beiden behutsam ins Gras und wenn ein ganz liebes Kind die Nuss findet, kann es sich und seine Umgebung verzaubern.

Der verlorene Ring

Es war einmal ein kleines Mädchen, dem war die Mutter früh gestorben. Es lebte mit seinem Vater allein in einem kleinen Häuschen im Wald. Sie waren arm, aber sie hatten genug zum Leben.

Eines Tages bekam das Mädchen von seinem Vater einen goldenen Ring geschenkt. Der Vater sagte, er habe den Ring von den Zwergen geschenkt bekommen, bei einem Ritt durch den Wald.

„Es ist ein Zauberring", sprach er zu seiner Tochter. „Wenn du einmal in Not bist und ihn an den Finger steckst, so wird dir geholfen. Aber überlege dir gut, wann du ihn verwendest. Der Zauber wirkt nur ein einziges Mal."

Die Kleine war sehr glücklich. Damit sie ihn nicht verliere, legte sie den Ring mit einer Schnur um ihren Hals und versteckte ihn dann unter ihrer groben Leinenbluse, so dass niemand ihn sehen konnte. Er war ihr größter Schatz und sie hütete ihn gut.

Eines Tages aber hatte sie ihre Kleider abgelegt, um an einem See im Wald zu baden. Als sie wieder aus dem Wasser stieg, blieb sie mit der Schnur an einem Busch hängen, der am Ufer stand und weil die Schnur schon alt und trocken war, riss sie entzwei. Der Ring fiel ins Gras und war verschwunden. Das kleine Mädchen suchte verzweifelt die Wiese ab.

„Ich muss ihn finden", dachte es.

Die Kleine suchte den ganzen Tag bis die Sonne unterging. Aber der Ring blieb verschwunden.

Als sie wieder zu ihrem kleinen Häuschen im Wald zurückging, um das Essen zu kochen bis ihr Vater heimkommen würde, da wartete bereits der Dorfpfarrer auf sie. Er machte ein ernstes Gesicht. Das kleine Mädchen wusste sofort, dass etwas Schlimmes geschehen sein musste. Und tatsächlich sei der Vater mit seinem Pferd unterwegs gewesen und beide seien in eine Schlucht gestürzt und zu Tode gekommen, das sagte der Pfarrer.

„Jetzt habe ich niemanden mehr", weinte das Mädchen.

Der Pfarrer war ein guter Mann und nahm die Kleine mit ins Dorf, wo sie eine Weile bei ihm und seiner Haushälterin leben sollte. Aber sie war so unglücklich, dass sie lieber allein sein wollte, schlüpfte in der Nacht hinaus zur Tür und eilte heim in das kleine Häuschen im Wald.

In ihrer Verzweiflung setzt sie sich auf eine Bank vor dem Haus. Der Mond schien geheimnisvoll durch die Tannennadeln der hohen Bäume hindurch und sie sah ihn an und sagte: „Guter Mond. Ich bitte dich, hilf mir, den Ring wieder zu finden."

Dann stand sie auf und ging zu der Stelle, wo sie ihren Schatz verloren hatte und begann zu suchen.

Sie dachte an ihren Vater und ihr Herz wurde ihr schwer. Da streifte sie jenen Busch und plötzlich hörte sie die Stimme ihres Vaters: „Der Mond wird dir helfen, den Ring zu finden. Glaube nur fest daran."

Sie suchte die ganz Nacht bis zum Sonnenaufgang, aber der Ring blieb verschwunden.

Am nächsten Abend saß sie wieder beim Mondauf-
gang vor dem Häuschen und sagte: „Guter Mond. Ich
bitte dich, hilf mir, den Ring zu finden."
Und auch in dieser Nacht ging sie wieder zu jener
Stelle und suchte den Ring. Auch diesmal hörte sie die
Stimme des Vaters, aber der Ring blieb verschwunden.
Es gingen viele Monate dahin und viele Vollmond-
nächte, in denen das kleine Mädchen seinen Schatz
suchte. In all den Monaten blieb die Suche vergeblich.
Aber es gab seinen Glauben nicht auf.

Dann stand Weihnachten vor der Tür. Schnee bedeckte den Waldboden und hing schwer auf den Ästen der Bäume. Die Kleine ging trotz der Kälte wieder bei hellem Mondschein zu jener Stelle und suchte ihren Schatz.

Auf einmal wurde es strahlend hell um sie. Sie blickte sich um, wurde vom Licht aber geblendet. Dann war das Strahlen wieder verschwunden. Nur ein winziger Funke erhellte noch den Schnee. Sie streckte ihre Hand danach aus und fühlte im kalten, welken Gras zwischen den Schneekristallen den Ring!

Sie nahm ihn an sich und steckte ihn an ihren Finger. Da veränderte sich auf einmal der Busch, er wurde größer und größer, streckte dicke Äste aus, aus denen wurden Arme und Beine und dann stand ein Mann vor ihr.

Es war ihr Vater.

„Ein böser Gnom hatte mich damals in diesen Busch verzaubert, als ich mit dem Pferd unterwegs war. Er hatte dafür gesorgt, dass du den Ring verlierst. Aber du hast mich mit deinem Glauben und deiner Beharrlichkeit erlöst." Da war die Freude groß, sie umarmten sich, gingen nach Hause und feierten ein glückliches Weihnachten.

Und wenn sie nicht gestorben sind, dann erleben sie noch heute wunderschöne Weihnachtsfeste.